Bernhard Jott Keller

unnütz silbern

Bergkrimi
für faule Leser

Dussa Verlag

Erschienen 2002 anläßlich der Ausstellung **Der Berg** im Heidelberger Kunstverein.

Die Wörter sieht jedermann vor
sich, den Inhalt findet nur der, der
etwas hinzuzutun hat, dann bleibt
auch die Form kein Geheimnis den
Meisten.

sehr frei nach J. W. von Goethe

drei Brüder

Hafner

Geiger

Mönch

Daniel

Jungfrau

Trieb

Hochstand

Spiesser

Bischof

Daumen

Kehlkopf

toter Mann

Misthaufen

Klara

Blässe

kotzen

unnütz

silbern

hohes Licht

Kirchturm

Leiterspitze

Kugel

Spital

Hundstod

m

1390

2035   2436

2780   1180

2127   1955

1649   1766

2057   2008

2198   2317

4158   2652

2342   2514

4099   2750

3395   1069

3076   1577

2264   2594

... Wörter, die ihrer Bedeutung nach zunächst im allgemeinen deutschen Sprachgut verankert sind und erst im erweiteren Sinn irgendwelchen Bergen irgendwo im weiten Gebiet der Alpen und Voralpen ihre Namen gaben.

... Wörter, die im Kopf der Leser-Innen mit Phantasie zu einem virtuellen Krimi gesponnen werden können.

... Wörter, die, neu geordnet, die LeserInnen zu neuen Geschichten inspirieren können.

... Wörter, die beim raschen Umblättern der Seiten, von hinten nach vorn oder umgekehrt, die Form eines Berges schreiben.

BJK auf Spurensuche...

Bernhard Jott Keller (www.bjk.de), ins Allgäu ge-
boren, sucht nach langen Studienjahren in Mün-
chen, Paris und Bayreuth im weiten Gebiet der
Kultur seinen Weg als Maler, Verleger und Buch-
hersteller. Seit 1989 Beschäftigung mit dem Phä-
nomen **Berg**.

Pressestimmen:

Wie einen schönen Gipfel, den man immer wieder aufsucht, wird man dieses Buch immer von neuem in die Hand nehmen.

Bündner Tagblatt

Bilder, Texte und feine Gestaltung ergänzen sich zu einem anregenden Werk, das viel Raum läßt für eigene Sichtweisen, Assoziationen.

Augsburger Allgemeine

Ich. Der Berg. Und Du? erschien 1994 im Verlag für moderne Kunst Nürnberg und ist seit dem Frühjahr 2002 vergriffen. Restexemplare gibt es zum Preis von 28,- € (früher 65,- €) beim Autor: D-86989 Riesen 9 oder info@bjk.de.

Texte u. a. von Felicitas Frischmuth, Christoph Schwarz, Martin Walser, 176 S., 30,5 x 22,5 cm, 173 Abb. davon 145 in Farbe, Fadenheftung, farbiger, fester Einband.